AF423689

9 789994 880942 5

مركز تريندز للبحوث والاستشارات
TRENDS RESEARCH & ADVISORY

القوة الناعمة ودور القضاء في تعزيزها

صلاح خميس الجنيبي

ورقة سياسة (16)
أكتوبر 2022

المحتويات

ملخص تنفيذي

تتلخص مشكلة الدراسة في اختبار دور قطاع العدالة، بالتطبيق على دائرة القضاء بإمارة أبوظبي، في تعزيز القوة الناعمة للدولة. وتنبع أهمية هذه المشكلة من ضرورة أن تسهم مختلف القطاعات والهيئات، كلٌّ في إطار تخصّصه، في وضع تصور عام لدوره في تنفيذ استراتيجية القوة الناعمة لدولة الإمارات، الصادرة عام 2017، وبما يقود إلى تعزيز عناصر القوة الناعمة للدولة .

ومن أجل معالجة هذه المشكلة، تم تقسيم الدراسة إلى ثلاثة مباحث. في المبحثين الأول والثاني، يتم التطرق إلى تعريف مصطلح القوة الناعمة، وتحليل عناصرها المختلفة، على التوالي. وفي المبحث الثالث، يتم اختبار دور العدالة في تعزيز تلك العناصر، مع التطبيق على دائرة القضاء في إمارة أبوظبي.

تتبنّى هذه الدراسة تعريفاً للقوة الناعمة بأنها العوامل التي تعطينا القدرة على إقناع الآخرين بإرادة الأشياء التي نريدها، سواء أكان ذلك عن طريق قوة الجاذبية والإعجاب، أم عن طريق الصداقات، أم المصالح المشتركة. ولذلك، تركز على العناصر الثلاثة الأساسية للقوة الناعمة وهي: جاذبية مؤسسات الدولة وسياساتها المتبعة، والمتغيرات الاقتصادية المتمثلة في ترابط/تشابك المصالح الاقتصادية للدولة مع نظيراتها للدول الأخرى وجاذبية نموذجها التنموي، والثقافة والموروث الحضاري للدولة. ويُحسب لهذه الدراسة توظيفها للمتغير الاقتصادي بوصفه مصدراً للقوة الناعمة.

وقد تم تطبيق هذا المنظور للقوة الناعمة على النموذج الإماراتي، قبل أن تنتقل الدراسة إلى اختبار دور القضاء في تعزيز القوة الناعمة للدولة. وخلصت الدراسة إلى تمتُّع دولة الإمارات العربية المتحدة بنصيبٍ وافر من كل عناصر القوة الناعمة المذكورة. كما خلصت إلى مركزية العدالة بشكل عام، والقضاء

بشكل خاص، ودوره في تعزيز القوة الناعمة للدول، وبخاصة إسهام دائرة القضاء-أبوظبي وجميع المحاكم في الدولة بدورٍ كبير في رفد رصيد دولة الإمارات من القوة الناعمة.

ومع ذلك، ثمة جهود إضافية ملقاة على كاهل دائرة القضاء-أبوظبي ومرفق العدالة في الدولة بصفة عامة من أجل الارتقاء بالخدمات العدلية إلى أعلى المواصفات العالمية، والعمل على التواصل المثمر مع المهتمين بالشأن القضائي حول العالم؛ إثراءً للتجربة الوطنية في هذا الخصوص.

مقدمة

ظهر مصطلح القوة الناعمة في تسعينيات القرن الماضي بوصفه مفهوماً جديداً يعبّر عن قدرة الدول على استغلال أرصدتها المعنوية على المستويين الرسمي والشعبي لخدمة أهدافها المادية. ولا تعني جدّة المفهوم بالضرورة جدّة الممارسة، فكثيراً ما كانت الممارسة الفعلية سابقة للتنظير المفاهيمي. وعلى الرغم من ذلك، فإن تأطير الممارسات ضمن قالب نظري مفاهيمي، إنما يعبّر في الغالب عن نضج تلك الممارسات، وتحوُّلها من طور الفعل التخميني إلى طور الفعل المنظّم.

وقد كان ظهور مصطلح القوة الناعمة نهايةَ القرن الماضي، مؤشراً إلى أنها ستكون إحدى أهم وسائل الفعل السياسي في القرن المقبل. ومن المفارقات، في هذا الصدد، أن التركيز على دراسات القوة الناعمة قد جاء في الوقت الذي أضحى فيه الكثير من أذرع القوة الصلبة بمنزلة العضلات المكبلة أو المشلولة عن الفعل.

وقد كانت دولة الإمارات العربية المتحدة سباقة في التركيز على صناعة القوة الناعمة، انطلاقاً من الرؤية التي أرساها المغفور له بإذن الله، الوالد المؤسس الشيخ زايد بن سلطان آل نهيان، طيّب الله ثراه. وقد ظلت الدولة وفيّة لذلك النهج، محافظة على هذه المكتسبات، وساعية لتعزيزها. وقد تتوّج ذلك السعي بالإعلان عن مجلس القوة الناعمة، الذي يتبع بشكل مباشر مجلس الوزراء، ويُعدُّ الأول من نوعه على مستوى العالم.

وقد عبّر صاحب السمو الشيخ محمد بن زايد آل نهيان، رئيس الدولة، عندما كان وليَّ عهد أبوظبي، عن الاستراتيجية الإماراتية في هذا الصدد بقوله: "الإمارات لها مكانة عظيمة في قلوب ملايين الناس حول العالم، ونريد ترسيخ هذه المكانة والوصول بها إلى مستويات جديدة. والإمارات تمتلك المكونات الاقتصادية والثقافية والحضارية كلها لبناء قوتها الناعمة بشكل أسرع بكثير من غيرها"[1].

---

1. "بالفيديو... محمد بن راشد يعلن تشكيل مجلس القوة الناعمة لدولة الإمارات"، الإمارات اليوم، 29 إبريل 2017. https://bit.ly/3TTLQAT

وفي هذا الاتجاه، وضع سمو الشيخ منصور بن زايد آل نهيان، نائب رئيس مجلس الوزراء، وزير ديوان الرئاسة، رئيس دائرة القضاء - أبوظبي، الإطار العام لاستراتيجية الدولة للقوة الناعمة قائلاً: "لدينا قيادة سياسية طّموحة وقوة اقتصادية راسخة ومبادرات ثقافية ضخمة وبنية تحتية هي الأفضل عالمياً، ما يضمن تحقيق قفزات في قوتنا الناعمة... لدينا معجزة تنموية يمكن أن تكون دليلاً أساسياً للكثير من الدول حول العالم"، مؤكداً أن "التواصل مع الشعوب لا يقل أهمية عن التواصل مع الحكومات.. ولا بد من عمل مؤسسي لتطوير هذا التواصل"، وأن "استراتيجية القوة الناعمة للإمارات برنامج عمل شامل للقطاعات كافة، ومسؤولية سمعة الإمارات هي مسؤولية الفئات كافة"[2].

وتجسيداً لتلك الرؤية، لا بدّ لمختلف القطاعات والجهات الرسمية والمجتمعية أن تضع تصوراً عاماً لدورها في تنفيذ تلك الاستراتيجية، ما يمكّنها من العمل على تعزيز عناصر القوة الناعمة، كلٌّ في إطار تخصّصه.

وهنا من الضروري أن نطرح السؤال الآتي: ما دور دائرة القضاء في تعزيز القوة الناعمة للدولة؟

وللإجابة على هذا السؤال، كان لا بد من التطرق أولاً إلى تعريف مصطلح القوة الناعمة، فالحكم على الشيء فرع عن تصوره، ثم التطرق بعد ذلك إلى عناصر القوة الناعمة، ثم البحث أخيراً في دور العدالة في تعزيز تلك العناصر. وبناءً عليه، فقد تم تقسيم الدراسة إلى مباحث أساسية ثلاثة.

---

2. "منصور بن زايد يستعرض استراتيجية القوة الناعمة لدولة الإمارات"، الإمارات اليوم، 26 سبتمبر 2017.
https://bit.ly/3qb9Kdu

أولاً: تعريف القوة الناعمة

يعدُّ الكاتب الأمريكي جوزيف ناي[3] أول من وضع مصطلح القوة الناعمة. وقد عرّفها بأنها "الحصول على ما تريد عن طريق الجاذبية، بدلاً من الإرغام أو دفع المال"[4]. فإذا كانت القوة هي القدرة على التأثير في سلوك الآخرين للحصول على ما تتوخاه الدول من مصالح، ما كان لها أن تنالها لولا ممارسة القوة، فإنه يمكن تقسيم القوة إلى نوعين هما: القوة الصلبة، والقوة الناعمة. فأمّا القوة الصلبة فهي التي تتمثل في الإرغام على فعل شيء أو الإغراء بفعل شيء مقابل دفع المال؛ بمعنى استخدام استراتيجية العصا والجزرة.

وأمّا القوة الناعمة، فيُقصد بها القدرة على الوصول إلى الأهداف المرسومة من خلال قوة الإعجاب التي نتحلّى فيها في عيون الآخرين، أو الصداقات التي نملكها، أو المصالح المشتركة التي تربطنا بهم. بعبارة أخرى، تشير القوة الناعمة إلى القدرة على تحقيق الأهداف المرجوة، من خلال جذب الآخرين واستمالتهم، وإقناعهم بوحدة الأهداف. وتعني القدرة على جعل الآخرين يريدون بأنفسهم ما نريده طوعاً، عن طريق قوة الإعجاب، وجعل اختياراتنا قدوة جذابة بالنسبة إليهم أيضاً[5].

ويرى كاتب هذه السطور أن تعريف القوة الناعمة لا بد أن يأخذ في الاعتبار مختلف مصادر تلك القوة وجوانبها، بما في ذلك الجوانب السياسية مثل الصداقات التي تربطنا ببعض الدول، وتتقوّى بفعل الخبرة التاريخية، وبالنظر إلى المشترك الذي نتقاسمه.

---

3. جوزيف صموئيل ناي، الابن Joseph Nye, Jr.: أمريكي، ولد في 19 يناير 1937، وهو أستاذ العلاقات الدولية وعميد سابق لمدرسة جون كينيدي الحكومية في جامعة هارفارد. أسس بالاشتراك مع روبرت كوهين، مركز الدراسات الليبرالية الجديدة في العلاقات الدولية. وتولّى مناصب رسمية عدة منها: مساعد وزير الدفاع للشؤون الأمنية الدولية في إدارة بيل كلينتون، ورئيس مجلس الاستخبارات الوطني. اشتهر بتطوير مصطلحي القوة الناعمة والقوة الذكية، وشكلت مؤلفاته مصدراً رئيسياً لتطوير السياسة الخارجية الأمريكية في عهد الرئيس باراك أوباما.

4. جوزيف س. ناي، القوة الناعمة وسيلة النجاح في السياسة الدولية، ترجمة: محمد توفيق البجيرمي، (الرياض: العبيكان، 2007)، 12.

5. المصدر السابق، ص 25.

أو الجوانب المصلحية، مثل الروابط الاقتصادية، والمصالح الأخرى المشتركة. ومن ثمّ فمن الأجدى تعريف القوة الناعمة بأنها: "العوامل التي تعطينا القدرة على إقناع الآخرين بإرادة الأشياء التي نريدها؛ سواء كان ذلك عن طريق قوة الجاذبية والإعجاب، أو عن طريق الصداقات، والمصالح المشتركة".

ويرجع استخدام كلمتي (صلب) و(ناعم) في تحديد الملمَحيْن الأساسيين للقوّة إلى التشبيه بالتقسيم المعروف لتكوين أجهزة الحاسوب، فهو يتألف من أدوات صلبة (hardware) وأنظمة استخدام ناعمة (software).

وعلى الرغم من وجود نوع غير محدد من الترابط بين جانبي القوة؛ أي الصلب والناعم، فإن هذا الأخير يعدّ الأقل كلفة والأقوى أثراً. فالمصالح التي نبلُغها عن طريق القدرة على التأثير الناعم في الآخرين، وقوة التعاون الطوعي، ليست أقل كلفة بالمعنى العام للكلمة فقط، لكنها توثّقُ عُرى الترابط مع الآخرين أيضاً، مما يمكّنا من استخدام ذلك الترابط في التأثير فيهم لاحقاً للحصول على مكاسب أخرى، أو لحماية مكتسبات قائمة.

ومن المثير للاهتمام، أن بعض الدول قد تتمتع بقوة ناعمة أكبر من قوتها الصلبة، بل ومن حجم اقتصادها كذلك. وهي قوة لو أُحسن استغلالها لانعكست إيجاباً في تحسين الفرص الاقتصادية لتلك الدولة. وهو ما يجعل الأمر أشبه بدائرة مغلقة؛ فعلى الرغم من التداخل بين القوة الصلبة، والقوة الناعمة، وعلى الرغم من أثر القوة الاقتصادية في القوتين السابقتين كلتيهما، فإنّ حسن استغلال القوة الناعمة يعدّ دعامة أساسية لرفع القوة الاقتصادية، وفي الوقت نفسه، تعدُّ القوة الاقتصادية إحدى أهم دعامات القوة سواء في وجهها الناعم أو جانبها الصلب[6].

ومما لا شك فيه أن القوة الناعمة، تعدُّ جزءاً مهمّاً من القوة الشاملة لأي دولة؛ سواء عندما يتعلق الأمر برعاية مصالحها ومواطنيها خارج حدودها، أو فيما يخص دفاعها عن حدودها ضد الأخطار المتربصة بها خارجياً.

---

6. جوزيف ناي، مرجع سابق، ص 30.

Lorena Cebolla Sanahuja, "Europe Cosmopolitical Or Populist: Justice and Soft Power in Perspective", Soft Power Journal 3, No. 2 (2016): 97, Http://Www.Softpowerjournal.Com/Web/?P=947 .

ومن هذا المنظور، فإن أي خطط للدفاع عن الأمن القومي لا تُولي اهتماماً كافياً لاستغلال قوة الدولة الناعمة، وتعمل على تطويرها وزيادتها تعدُّ خططاً قاصرة. كما أن خطط التنمية كذلك تخسر موارد عديدة، وفرصاً كثيرة إن هي أغفلت الآفاق التي يمكن الوصول إليها عن طريق هذه القوة الناعمة.

وبناءً على ذلك، فإن تعزيز القوة الناعمة يعدّ أحد أهداف خطط الدفاع الوطني من جهة، وفي الوقت نفسه هدفاً أساسياً من أجل خدمة خطط التنمية في الدولة.

ووعياً بأهمية القوة الناعمة، والتأثير المتبادل بينها وبين الجانبين التنموي والاقتصادي، فقد صدرت "استراتيجية القوة الناعمة لدولة الإمارات"، وأنشئ مجلس القوة الناعمة عام 2017، برئاسة معالي محمد بن عبدالله القرقاوي، وزير شؤون مجلس الوزراء والمستقبل، آنذاك، وزير شؤون مجلس الوزراء حالياً، وعضوية عدد من الوزراء والمسؤولين المحليين، مما عكس الصبغة الثقافية والاقتصادية للمجلس.

ثانياً: عناصر القوة الناعمة

يحدد الباحثون في مجال القوة الناعمة العناصر الأساسية لهذه القوة في مصدرين أساسيين، هما الثقافة والموروث الحضاري للدولة، وجاذبية مؤسسات الدولة وسياساتها المتبعة[7]. ويمكن إضافة المقدرات الإعلامية والدبلوماسية والصورة الدولية إلى مصادر القوة الناعمة. ويرى كاتب هذه السطور أن العنصر الاقتصادي لا يقل أهمية في تكوين القوة الناعمة عن العنصرين المتقدمين. ويقصد بـ"العنصر الاقتصادي" هنا دلالته على جاذبية النموذج الاقتصادي والترابط بين الدول بفعل المصالح الاقتصادية المشتركة، وليس القدرات الاقتصادية التي تدخل في مفهوم القوة الصلبة. والواقع أن المصالح الاقتصادية المشتركة تُفضي بالضرورة إلى تقاربٍ في الرؤى حول القضايا ذات الاهتمام المشترك، ولما ينتج عنه من حرص على مصالح الطرف؛ باعتبار محورية الاقتصاد في السياسات العالمية.

فالمصالح المشتركة بين الدول تمثل نوعاً من التحالف غير المكتوب؛ الذي يتقوّى بقوة تلك المصالح، وحجمها، وثباتها. وعلى سبيل المثال، الصين بما أنها أكبر مستثمر في سندات الخزانة الأمريكية[8] لا شك في أنها حليفة للولايات المتحدة الأمريكية في تحالف غير مكتوب. ويتجلى ذلك من خلال الحرص الصيني على استقرار الاقتصاد الأمريكي في وجه أي هزات قد يتعرض لها، باعتبار أن أي ضرر يصيب الاقتصاد الأمريكي لا بد أن يؤثر سلباً في الاقتصاد الصيني.

وتركز هذه الدراسة على العناصر الثلاثة الأساسية للقوة الناعمة وهي: جاذبية مؤسسات الدولة وسياساتها المتبعة، والاقتصاد، والثقافة والموروث الحضاري للدولة.

---

7. جوزيف ناي، مرجع سابق، ص 34.

8. "China Biggest Investor In Us Debt At 1.14 Trillion Us$", The Standard, August 17, 2017. Https://2u.Pw/Kbaul

(1) جاذبية مؤسسات الدولة وسياساتها المتّبعة

بما أن عناصر قوة أي دولة، تقوم في جزء منها على سمعتها ومكانتها على الصعيدين المحلي والدولي، فإن النجاحات التي تحققها الدولة على مستوى فاعلية مؤسساتها، أو نجاعة سياساتها المتبعة تشكل رصيداً إضافياً لقوتها الناعمة، أساسه الجاذبية التي تكتسبها الدولة في عيون الآخرين بوصفها نموذجاً ناجحاً جديراً بأن يُحتذى به.

- جاذبية مؤسسات الدولة:

إن من المؤكد أن جاذبية مؤسسات الدولة تشكل رصيداً قوياً لجاذبيتها العامة، ومن ثمّ فهي تُعدُّ دعماً لرصيد قوتها الناعمة. بالخصوص مع تزايد الوعي عند الشعوب والحكومات بأهمية الإدارة بالنتائج، وقياس أداء المؤسسات الحكومية وتقويمها من خلال الأثر الذي تتركه في سبيل تسهيل حياة شعوبها، والعمل على توفير أجود خدمات حكومية ممكنة.

ومن ثمّ فإن الابتكار والشفافية إضافة إلى جودة الخدمات الحكومية تعدُّ كلها عوامل مهمة في إضفاء الجاذبية على مؤسسات الدولة، إذ إنها تمثل أهم ما يتطلع مواطن القرن الحادي والعشرين في شتى بقاع الأرض إلى الحصول عليه من حكومة بلاده، وبالتالي فإنها قد أصبحت كذلك أهدافاً تسعى الحكومات المختلفة إلى بلوغها. وبقدر نجاح الدول في تحقيق تلك الأهداف، وقدرتها على تسويق ذلك النجاح وعرضه على العالم بوصفه نموذجاً يُحتذى به، يكمن نجاحها في خلق قوة ناعمة فاعلة متمثلة في قوة الإعجاب التي تبهر بها شعوب العالم وحكوماته.

وجدير بالتنويه ما بلغته دولة الإمارات العربية المتحدة في هذا الإطار؛ إذ أطلق صاحب السمو الشيخ محمد بن راشد آل مكتوم، نائب رئيس الدولة، رئيس مجلس الوزراء، حاكم دبي، في أكتوبر 2014 "الاستراتيجية الوطنية للابتكار" التي تهدف إلى جعل الإمارات ضمن الدول الأكثر ابتكاراً على مستوى العالم خلال السنوات السبع المقبلة، ويركّز مسارها الثاني على تطوير الابتكار الحكومي من خلال تحويله إلى عمل مؤسسي، وتطوير منظومة متكاملة من الأدوات الحديثة لمساعدة الجهات الحكومية على الابتكار،

والعمل على دعم مشروعات الابتكار وإطلاق برامج تدريبية وتعليمية في مجال الابتكار على مستوى الدولة[9].

وفي هذا السياق، تتصدر دولة الإمارات العربية المتحدة المركز الأول عربياً والثالثة آسيوياً والثامنة عالمياً في قيمة مؤشر الخدمات الإلكترونية والذكية والمرتبة الـ 26 عالمياً في المؤشر الرئيسي للجاهزية الشبكية[10]. كما تحتل الدولة المرتبة الأولى عربياً والـ 24 عالمياً في مؤشر تصورات الفساد أيضاً، الصادر عن منظمة الشفافية الدولية لعام 2021، متقدمة في ذلك على دول، مثل: الولايات المتحدة الأمريكية، والبرتغال، وإسبانيا، ولاتفيا[11]. وفيما يتعلق بجودة الخدمات، فقد أطلقت حكومة الإمارات في مارس 2011 برنامج الإمارات للخدمة الحكومية المتميزة، وهو البرنامج الأول من نوعه في العالم، بهدف رفع كفاءة الخدمات الحكومية إلى مستوى 7 نجوم، وذلك بالتركيز على المتعامل ومدى سعادته ورضاه عن الخدمات المقدمة، وتعزيز الكفاءة الحكومية. ولقد أعطت تلك السياسة ثمارها؛ إذ حلّت الدولة في المرتبة الأولى عربياً في مؤشر الفعالية الحكومية بحسب مؤشرات صندوق النقد العربي[12].

- جاذبية سياسات الدولة المتبعة

لا يمكن الفصل بصفة كاملة بين جاذبية المؤسسات في أي دولة والسياسات التي تتبعها؛ ذلك أن المؤسسات الجيدة ذات الأثر الإيجابي على الواقع المعيش تستلزم للقيام بالمهمات الموكلة إليها سياسات فاعلة ذات رؤية واقعية ورسالة واضحة.

9. مجلس الوزراء، الإمارات العربية المتحدة، الاستراتيجية الوطنية للابتكار، د.ت. Https://2u.Pw/5G9OJ

10. World Economic Forum, The Global Information Technology Report 2016, p 187. https://bit.ly/3TSsOuC

11. Transparency International, Corruption Perceptions Index 2021, January 2022. Https://Www.Transparency.Org/En/Cpi/2021 .

12. عبدالفتاح منتصر، "صندوق النقد العربي: الإمارات الأول عربياً بمؤشر التنافسية لفعالية الحكومة"، البيان، 13 يناير 2016.

ومن المهم في هذا الإطار أن تكون السياسات المتبعة من قِبل الدولة متقاطعة مع الرؤية العالمية للواقع الكوني، وما تطمح له الشعوب والحكومات؛ إذ إن ذلك الاندماج هو ما يجعل من النجاح المحلي نجاحاً عالمياً، بالنظر إلى وحدة الهدف المنشود. إن نظرة شمولية للواقع العالمي لا بد أن تُظهر مدى التداخل بين التحديات التي يواجهها الإنسان في أي بقعة من بقاع الأرض؛ وأن تكشف عن الكثير من التقاطعات بين المصالح التي تسعى الأمم والشعوب لتحقيقها. ومثالاً على ذلك، فإن ظواهر مثل الاحتباس الحراري، والإرهاب، والاتّجار بالبشر تمثل هاجساً مؤرقاً للإنسان أينما كان؛ ما يعني أن أي خطوة في سبيل التغلّب عليها تعدُّ إنجازاً عالمياً. وعلى صعيد آخر، فإن التطلع إلى التنمية والابتكار والتقدم العلمي والتقني هي طموحات مشتركة للإنسانية بصفة عامة؛ ومن ثمّ فإن أي تقدم في أي منها يتجاوز الحدود المحلية، بما أنه تحقيق لهدف عالمي.

إن جاذبية السياسات المتّبَعَةِ من قِبل الدولة بالنسبة إلى الشعوب والحكومات الأخرى تُحَدَّدُ من خلال إقناع الآخر بأن الدولة في سعيها لخدمة مواطنيها وتحقيق أهدافها الخاصة إنما تسعى في الوقت ذاته إلى تحقيق أهداف كونية تهمّ الإنسان بصفة عامة.

وتحقيقاً لذلك فإن الدولة لا بد لها من الانخراط الفعّال في مواجهة المشكلات العالمية، وأن يكون ذلك من صميم سياساتها الداخلية. وهو ما من شأنه أن يجعل الآخرين يحسّون بنوع من الارتباط الإيجابي بها؛ نظراً إلى جهودها في مواجهة التحديات وتحقيق الأهداف المشتركة. إذ لا بدّ لذلك الارتباط من أن يولّد نوعاً من الإعجاب والتقدير، اللّذَين يولّدان بدورهما جاذبية يمكن استغلالها بوصفها قوة ناعمة.

وفي هذا الإطار، تعدُّ جهود الإمارات لمكافحة الإرهاب نموذجاً يُحتذى به في المنطقة والعالم. وأقرب الأمثلة على ذلك التدخل في اليمن لإعادة الشّرعية وتجفيف منابع الإرهاب.

ولا شك في أن السياسات التي تتّبعها حكومة الإمارات العربية المتحدة تتمتّع بجاذبية كبيرة، سواء من خلال نجاعتها في تحقيق أهدافها التنموية، وتحسين الحياة في مختلف ربوع الدولة، أو من خلال مشاركتها الفعّالة في مواجهة التحديات العالمية، والسعي إلى تحقيق الطموحات المشتركة.

ولعل من أبرز الأمثلة على ذلك، ضرورة تقديم المساعدات الإنسانية، ومدّ يد العون للمنكوبين، والمحتاجين في مختلف أرجاء العالم. إضافة إلى مساعدة الآخرين على تحقيق أهدافهم التنموية، ومدّهم في ذلك الإطار، بالمعارف والتجارب المحلّية، وتقديم المساعدات التنموية.

وعلى صعيد آخر، فقد تم تصنيف الإمارات بوصفها أكثر الدول تقديماً للمساعدات الخارجية على مستوى العالم، نسبةً إلى دخلها القومي، في أعوام 2013 و2014 و2016 و2017 فيما حلّت في المرتبة الثانية عام 2015[13]. وقد علّق سمو الشيخ عبدالله بن زايد آل نهيان، وزير الخارجية والتعاون الدولي، على ذلك التصنيف بالقول إن "المساعدات الخارجية لدولة الإمارات أصبحت نموذجاً عالمياً يُحتذى به في مجال العمل الإنساني والتنموي، ليس لكونها تأتي للعام الرابع على التوالي ضمن أكبر المانحين الدوليين، قياساً لدخلها القومي، واحتلالها المركز الأول عالمياً لعام 2016 للمرة الثالثة - في غضون سنوات قليلة - ولكن لكون تلك المساعدات تنبع من إيمان الدولة بأهمية تحسين نوعية الحياة للأفراد والفئات المُعوِزة، بغضّ النظر عن العِرق أو الهوية أو اللغة أو الدين، والإسهام في تعزيز السلم والاستقرار العالميين، وذلك من خلال سعيها للقضاء على الفقر بصوره وأشكاله كافة"[14]. وهو ما يعكس سياسة دولة الإمارات المتمثلة في لعب الدور الإيجابي في مواجهة التحديات التي يواجهها الإنسان أيّاً ما كان، وتحقيق الطموحات العالمية المشتركة.

ولعل مشروع الإمارات لاستكشاف المريخ (مسبار الأمل) يمثل سعياً لتحقيق حلم إنساني طالما راود الإنسانية بشكل عام والعلماء على وجه الخصوص. ولعلّ من الطريف أن نستذكر هنا بيت المتنبي (ت 354هـ/ 965م):

كأنَّها سَلَبٌ في عَينِ مَسلُوبِ   يَرَى النّجُومَ بعَيْنَيْ مَنْ يُحاوِلُها

---

13. "الإمارات تتصدر دول العالم بتقديم المساعدات التنموية الإنسانية لعام 2016 نسبة إلى دخلها القومي. محمد بن راشد ومحمد ابن زايد دفعا بالإمارات للمركز الأول بالعطاء"، البيان، 12 إبريل 2017. Https://2u.Pw/Yodls.

14. "الإمارات أكبر الدول المانحة للمساعدات الإنمائية"، الإمارات اليوم، 12 إبريل 2017. Https://Www.Emaratalyoum.Com/Local-Section/Other/2017-04-12-1.986307

بوصفه أول تعبير صريح عن الحلم العربي بالوصول إلى الفضاء، ولو كان ذلك على سبيل التّمني والخيال، وهو الحلم الذي وضعت دولة الإمارات العربية المتحدة اللبناتِ الأولى لتحقيقه، بعد ذلك بنحو ألف سنة.

(2) الاقتصاد

تمثل الروابط الاقتصادية جسوراً ممتدة تربط الدول بعضها ببعض. وبما أنه لا يمكن بلوغ أي تقدم اقتصادي ولا تنموي دون تعاون دولي متين. ولأن الرفاهية الاقتصادية هدف عالمي مشترك بصفتها أولوية قومية لمختلف الشعوب والدول فإن العمل على تحقيق ذلك الهدف يقتضي زيادة الاعتماد الاقتصادي المتبادل، والسعي للاستفادة من جميع الوسائل المتاحة بما في ذلك الاستعانة بخبرات الآخرين وتجاربهم. ومن ثَمّ يعدُّ الاقتصاد بحق حجر الأساس بالنسبة إلى السياسة الخارجية لأيّ دولة.

وبالنظر إلى القوة الناعمة بوصفها القدرة على جعل الآخرين يرغبون في الأشياء نفسها التي نريدها من تلقاء أنفسهم، عن طريق قوة الإعجاب أو الصداقات الممتدة والمصالح المشتركة، فإن العامل الاقتصادي يمكن توظيفه بوصفه مصدراً للقوة الناعمة من خلال جاذبية النموذج الاقتصادي بالنسبة إلى الحكومات والشعوب، أو من خلال ترابط المصالح الاقتصادية مع الدول الأخرى.

- جاذبيّة النموذج الاقتصادي:

إن أيّ قصة نجاح، مهما اقترنت بأمّة معينة أو بوطن محدود بحدوده الذاتية، تبقى في النهاية وعند النظر إلى وحدة المصير الإنساني نجاحاً للإنسان من جهة كونه إنساناً، أو لما يمثله النجاح أياً كان من تجربة ملهمة للآخرين، يستلهمونها ليبنوا نجاحاتهم الخاصة اقتداء بها أو انطلاقاً من حيث انتهت. وبما أن الهمّ الاقتصادي هو همٌّ مشترك بين مختلف الجماعات والشعوب، فالجميع يتطلع إلى تحقيق النهضة الاقتصادية المأمولة، على المستويين المحلي والعالمي، لذا فإن نجاح أيّ دولة في تحقيق نهضة اقتصادية، خاصة في الظروف العالمية اليوم، لا بد أن تُدير إليها الرقاب وتسلط عليها العيون، شعوباً وحكومات، وأن تكون مثار إعجاب وتقدير في الكثير من الحالات، وربما الحسد والغبطة.

في الحالات كلها، فإن نجاح أي دولة في تحقيق النهضة الاقتصادية، يجعلها محط أنظار العالم بوصفها نموذجاً اقتصادياً، ويعطيها من قوة الإعجاب ما يمثل قوة ناعمة يمكن استخدامها متى دعت الحاجة إلى ذلك، وتهيأت الاستراتيجية الفعالة في هذا الخصوص.

وفي هذا السياق، فإن النموذج الاقتصادي والتنموي الذي تتبعه دولة الإمارات العربية المتحدة، يعدّ أحد النماذج الأكثر تميزاً في مجاله على مستوى المنطقة والعالم، إذ تأتي في المرتبة الأولى إقليمياً (إقليم الشرق الأوسط وشمال أفريقيا) والثانية عشرة عالمياً في مؤشرات التنافسية العالمية، وفقاً للكتاب السنوي للتنافسية العالمية لعام 2022، الصادر عن المعهد الدولي للتنمية الإدارية IMD، الذي يغطي 64 دولة حول العالم. وتحتل دولة الإمارات العربية المتحدة فيها مركز الصدارة في مؤشر السياسات المالية العامة، وجودة البنية التحتية، وفقاً للتقرير نفسه[15].

- ترابط المصالح الاقتصادية

بغض النظر عن الواقع السياسي القائم، فإن تداخل المصالح الاقتصادية للدول وترابطها يُولِّدان حالة من تحالف المصالح، ما تفتأ أن تتحول إلى تحالف سياسي غير مكتوب، بل وإلى صداقات راسخة؛ إذ إن وحدة المصالح الاقتصادية تؤدي لا محالة إلى تقاطع المصالح السياسية. فعندما ترتبط مصالح الآخرين بنا على نحو جِدّي، يصبح من السهل علينا أن نقنعهم بالأشياء التي نريدها، وأن يصبحوا هم أنفسهم راغبين فيما نريده، ليس عن طريق قوة الإعجاب فقط، وإنما عن طريق ترابط المصالح كذلك. إذ إنّ ما يمثل مصلحة بالنسبة إلنا سيمثل مصلحة لهم أيضاً، وإنْ على مستوى أقل. حتى لو تعارض الأمر مع مصالح أخرى لهم، فإن الأمر سيصبح من قبيل تعارض المصالح؛ وهنا تصبح مهمّة إقناعهم باختيار المصالح التي نمثّلها نحن أسهل بكثير.

وحتى في الظروف الحرجة، فإن الترابط الاقتصادي ربما يكون أقوى من الصداقات التقليدية؛ إذ إن أيّ مشكلات يتعرض لها أحد الطرفين تنعكس آثارها بشكل مباشر على الطرف الآخر، ما يستدعي منه التدخل لمساعدة الطرف الأول، لا حباً فيه بالضرورة، ولكن حرصاً على المصالح المشتركة بينهما. ولعل من الأمثلة البارزة على ذلك ما

---

15. IMD World Competitiveness Center, IMD World Competitiveness Yearbook 2022.

قامت به الصين خلال الأزمة المالية الأخيرة من ضخ أموال سيادية في السوق الأوروبية بهدف الحفاظ على توازنها، بما أن أوروبا تعدُّ السوق الأولى للمنتجات الصينية[16].

ولا شك في أن دولة الإمارات العربية المتحدة، تُعدُّ من أكثر دول المنطقة ارتباطاً بالاقتصادات الأخرى؛ إذ بلغ حجم الاستثمارات الأجنبية في الدولة ما بين الأعوام 2003 – 2016 رقماً قياسياً تجاوز 506 مليارات دولار[17]. ومن جهة أخرى تعدُّ الإمارات المقر الإقليمي المفضل للعديد من الشركات العالمية، بما فيها كبريات الشركات العالمية في مجالات تكنولوجيا المعلومات واقتصاد المعرفة. وإضافة إلى ذلك أدّت السياسات الاقتصادية المتبعة إلى تبوّؤ الدولة مكانة مرموقة على صعيد التجارة الدولية، وحركة النقل العالمي، وشحن البضائع؛ إذ حافظ "مطار دبي الدولي"، في عام 2021، على المركز الأول في صدارة المطارات الدولية الأكثر ازدحاماً في العالم للسنة الثامنة على التوالي، إذ استقبل 29.1 مليون مسافر خلال العام المذكور. وتشير التوقعات الأولية إلى أن حركة الركاب السنوية في المطار من المنتظر أن تصل إلى 55.1 مليون مسافر بنهاية عام 2022[18]. كما بلغ عدد المسافرين عبر مطار أبوظبي في العام نفسه 5.26 مليون[19]. ويحتل ميناء جبل علي المرتبة التاسعة على قائمة أنشط الموانئ عالمياً[20]، بالإضافة إلى امتلاك الدولة لعدد من الموانئ الأخرى التي تعدّ من أنشط الموانئ في العالم مثل ميناء خليفة، وميناء خورفكان. كما عمدت الإمارات إلى تعزيز حضورها الاقتصادي العالمي عبر شراء أندية وفنادق عالمية، وتعزيز الشراكات مع القوى الاقتصادية الآسيوية وتعزيز استثماراتها في أفريقيا، إلى جانب تعزيز سمعة الإمارات بوصفها ملاذاً

16. Reuters Staff, China Launches $11 Billion Fund for Central, Eastern Europe, Reuters, November 6, 2016. Https://Reut.Rs/3QZ1B7w

17. "506 مليارات رصيد الاستثمار الأجنبي في الإمارات 2017"، البيان، 9 إبريل 2017. Https://2u.Pw/Ilyx7

18. "مطار دبي في المرتبة الأولى عالمياً من حيث عدد المسافرين"، الرؤية، 29 أغسطس 2022. Https://2u.Pw/C375b

19. "5.26 مليون مسافر عبر مطار أبوظبي الدولي في عام 2021 مع زيادة ملحوظة خلال الربع الأخير"، المكتب الإعلامي لحكومة أبوظبي، 3 مارس 2022. Https://2u.Pw/5sj7I

20. Http://Www.Worldshipping.Org/About-The-Industry/Global-Trade/Top-50-World-Container-Ports

اقتصادياً عالمياً آمناً، عبر الترويج للمناطق الاقتصادية الحرّة كدبي وجبل علي وأبوظبي[21].

إن هذه المكانة التي تحتلها الدولة على صعيد التجارة الدولية، وهذه المصالح الاقتصادية التي تربطها مع العديد من الأطراف الفاعلة على صعيد السياسة والاقتصاد الدوليين، هي بلا شك قوة ناعمة نمتْ وترعْرعت عبر استراتيجية سياسية مدروسة ورؤية واضحة. وهو ما حدا بمؤسسة U.S. News & World Report ومجموعة "باف(BAV) للإحصاء والاستطلاع، إلى تصنيف الإمارات في المركز الـ 22. ضمن التصنيف الذي قامتا به لأفضل دول العالم لعام 2021، متصدرة ترتيب الدول العربية. ويعتمد تقرير أفضل دول العالم Best Countries، الذي يغطي 78 دولة، على مؤشرات عدة، أهمها التأثير الثقافي، وريادة الأعمال، والتراث، والانفتاح على الأعمال، والسلطة، وجودة الحياة، والنمو. وكان لافتاً للنظر أن تتصدر الإمارات دول العالم بنسبة 100% في المؤشر الأخير[22].

(3) الثقافة والموروث الحضاري

تمثل الثقافة في أي دولة رافداً أساسياً من روافد سمعتها الخارجية وعاملاً من عوامل جذب اهتمام الشعوب الأخرى وإعجابها، بغض النظر عن مدى قربها أو بُعدها الجغرافي، وارتباطها الثقافي؛ إذ أسهمت التكنولوجيا الحديثة، وطفرة وسائل المعلومات والتواصل الاجتماعي في تقريب المسافات الجغرافية، والثقافية بين الأمم، وتخطي حواجز اللغات.

إن التركيز على الجوانب الإنسانية المشتركة بين الشعوب يخلق مجالاً خصباً للتفاهم المشترك بين الدول، مما يولّد تقارباً أساسه فهم الآخر والتعرف على جوانب من

---

21. Karen E. Young, New Perspectives on UAE Foreign Policy, Special Edition, Journal of Arabian Studies 7. No. 1 (April 2017).

22. US News and World Report, U.S. News Best Countries 2021, United Arab Emirates. Https://Www.Usnews.Com/News/Best-Countries/Rankings?Int=Top_Nav_Overall_Rankings .

ثقافته في بُعدها الإنساني. وكثيراً ما كانت الخلافات نتيجةً مباشرةً للجهل المتبادل بثقافة الآخر وموروثه الثقافي وأسلوبه في الحياة. وعلى العكس من ذلك، فإنه كلما قدّمت الدولة نتاجاً ثقافياً جذاباً وموروثاً حضارياً آسراً ونجحت في تسويقهما إلى العالم، كانت أقدرَ على التأثير في الآخرين وتقبلهم لها؛ ما يعطيها قوة ناعمة يمكن أن تستغلها لتحقيق أهدافها الاستراتيجية والاقتصادية.

وفي هذا الإطار تلعب الثقافة، بمفهومها الواسع دور السفير الذي يخاطب قلوب الناس ليجعلها طريقاً إلى عقولهم خادماً بذلك المصالح العامة للدولة. ولا يقتصر ذلك الدور على جانب معين من الثقافة دون آخر بل تندمج فيه شتى جوانبها، من شعر ورسم وموسيقى، وإنتاج فني. كما تؤدي حركة التأليف والترجمة والبحث العلمي، وبرامج تبادل التعليم دوراً مهمّاً في هذا السياق. وتمثل الذراع الإعلامية أداة أساسية في عرض المنتجات الثقافية وتسويقها وإبرازها بالصورة التي تجعلها محط اهتمام مختلف الشعوب أيضاً، ممّا يؤدّي إلى جذب المزيد من المغرمين بالتعرف على ثقافة الدولة واستكشاف ثرائها الثقافي وموروثها الحضاري.

وإدراكاً منها لأهمية البُعد الثقافي في تعزيز القوة الناعمة، عكفت حكومة دولة الإمارات العربية المتحدة، والحكومات المحلية للإمارات على إنشاء هيئات ومجالس اتحادية ومحلية، تهدف إلى تأطير المقدرات الثقافية للدولة من جهة، وإبراز وجهها الحضاري والثقافي للعالم من جهة أخرى. ومن أبرز تلك المؤسسات المجلس الوطني للسياحة والآثار والمجلس الوطني للإعلام، وهيئة أبوظبي للسياحة والثقافة، بالإضافة إلى مجلس حكماء المسلمين، الذي تأسس في يوليو 2014. ويسعى هذا المجلس إلى تعزيز السلم في المجتمعات المسلمة وترسيخ قيم الدين الإسلامي ومبادئه السمحة. وتتبنّى الإمارات العديد من المبادرات المعنيّة بمكافحة الإرهاب والتطرف العنيف وأبرزها "مركز صواب"، وهو مبادرة تفاعلية من أجل تصويب الأفكار الخاطئة وإتاحة مجال أوسع لإسماع الأصوات المعتدلة.

كما عملت الإمارات على تعزيز سمعتها الثقافية الدولية، عبر استضافة المتاحف الدولية، وبناء فروع لأكبر الجامعات العالمية، وتعزيز مبدأ التسامح، وتأسيس مدينة التكنولوجيا والسينما. كما تم اتخاذ جزيرة السعديات منارةً ثقافيةً مشرفةً على مدينة

أبوظبي عاصمة الاتحاد، بما احتوته من متاحف ووجهات ثقافية أبرزها متحف الشيخ زايد الوطني، ومتحف اللوفر -أبوظبي، ومتحف جوجنهايم -أبوظبي، ودار المسارح والفنون، كما تشكل أوبرا دبي معلماً ثقافياً وحضارياً لافتاً للنظر.

وقد أثمرت الجهود الإعلامية التي تبنّتها الدولة في نقل صورة إيجابية عن واقع الحياة في دولة الإمارات العربية المتحدة، إذ ظهرت ضمن قائمة الدول الأكثر جاذبية للعيش والعمل لدى الأجانب، في العديد من المؤشرات والتقييمات الصادرة عن جهات ومؤسسات دولية. وكانت آخر تلك المؤشرات الاستبيان العام، الذي أجراه بنك "إتش إس بي سي"، وشمل 46 دولة، لاستطلاع آراء المغتربين عام 2017، إذ جاءت الإمارات في المرتبة الأولى عربياً، والعاشرة عالمياً للعيش والعمل[23]. وقد أظهرت تصنيفات .U.S News & World Report لعام 2021 أن دولة الإمارات تأتي في المرتبة الثانية عشرة في تأثير الثقافة[24]. ومن المهمّ في هذا الإطار أن الدولة قد احتفظت بمركزها بوصفها أفضل وجهةٍ للعيش لدى الشباب العربي، سنة 2021، وذلك للعام العاشر على التوالي، بحسب استطلاع "أصداء بي سي دبليو السنوي 13 لرأي الشباب العربي 2021" من قِبل شركة الأبحاث الدولية "بي إس بي" لاستقصاء آراء الشباب العرب ومواقفهم في 17 بلداً في منطقة الشرق الأوسط وشمال أفريقيا، الصادر في مايو الماضي. ولعل الأهم من ذلك أن الدولة قد حلّت في المرتبة الأولى، في جواب الشباب العربي عن الدولة التي يرغبون في أن تحذوَ بلادُهم حذوها. وهو ما يعكس لنا بوضوح جاذبية مؤسسات الدولة وسياساتها المتبعة[25].

---

23. Https://Www.Expatexplorer.Hsbc.Com/Survey/

24. US News and World Report, U.S. News Best Countries 2021.

25. بي إس بي، استطلاع أصداء بي سي دبليو السنوي 13 لرأي الشباب العربي 2021. Http://Arabyouthsurvey.Com/Ar/Findings/

ثالثاً: العدالة بوصفها مصدراً للقوة الناعمة

- قوة العدالة:

تمتلك العدالة قوة ذاتية لما لها من سلطة مباشرة على الضمير الإنساني. ورغم أنّ فكرة العدالة من العمومية والشمول بحيث يستحيل أن يتفق الناس على تصور موحّد لها في مختلف جوانبها؛ فلا شك في أن تصورها لا بد أن يتأثر بالنمطين الاجتماعي والثقافي السائدَين في كل أمة. وعلى الرغم من ذلك فإن مفهوم العدالة يبقى مفهوماً متسامياً على الفروقات الاجتماعية والثقافية، يحمل الناس بفطرتهم على التوق إليه، والطموح إلى تمثيله على أرض الواقع كأفضل ما يكون، وإن اختلفوا في طرقهم إلى ذلك، وتصوراتهم لتحقيقه.

وهكذا، فإن مفهوم العدالة بما يمثله من تجاوز لأضداده الممقوتة في الفطرة البشرية، مثل الظلم والجور والتطرف، وبما يتضمن من مفاهيم جُبلت النفوس على حبها، وأهداف يسعى الجميع إلى تحقيقها مثل الإنصاف والتوازن وحماية المصالح الفردية والعامة، يملك سلطة عقلية وأخلاقية قائمة على فكرة الحق، ومبادئ الخير المغروسة في الطبيعة البشرية بالفطرة. ورغم الجدل القائم حول أساس مفاهيم العدالة؛ هل هي راجعة إلى الاستقراء أم الاستنباط، فإنه مما لا شك فيه أن تلك المفاهيم، بما هي مفاهيم عدلية، تكتسي صبغة أخلاقية بالتعريف. فكل ما هو عادل هو أخلاقي بالضرورة، ما دام من الممتنع الجمع بين وصف الأخلاقية والظلم في فعل واحد.

وتأسيساً على ما تتمتّع به مفاهيم العدالة من قوة أخلاقية، وما لها من قبول وتقدير مغروسين في الضمير البشري، فإن تلك الصفات تسري إلى الدول والمجتمعات التي توصف بأنها عادلة، وبجودة أنظمتها العدلية، ما يخلق لها مكانةً وحباً في نفوس الناس أينما كانوا. وترجع تلك المكانة إلى ما فُطرت عليه نفوس الناس من حب للعدالة من جهة، وإلى ما تمثله تلك الدول والمجتمعات من قدوة ومثال يغبطهم عليه الآخرون وربما يسعون للحاق به من جهة أخرى.

ومن ثَمّ، فإن الجاذبية التي قد تتمتع بها الدول نظراً إلى جودة أنظمتها العدليّة، ولما لها من سمعة طيبة في الجانب العدلي تُعدُّ لا محالة قوة ناعمة ينبغي تأطيرها واستغلالها؛ مما يحتّم وضع استراتيجية متكاملة تهدف إلى الاستفادة من قوة العدالة بوصفها قوة ناعمة. وذلك من خلال العمل على تبوّؤ الدولة أعلى المراتب في إنفاذ العدالة وجودة الأنظمة والخدمات العدلية من جهة، وإلى تسويق النموذج العدلي للدولة وإظهار مزاياه والإشادة بمكتسباته على المستويين الداخلي والخارجي من جهة أخرى.

- دور القضاء في تعزيز مصادر القوة الناعمة

يؤدي القضاء دوراً محورياً في تعزيز القوة الناعمة للدولة؛ ليس بصفته حارساً للعدالة وما تمثله من رصيد معنوي وسمعة طيبة فحسب، ولكن لما له من أثر مباشر في تعزيز مختلف مصادر القوة الناعمة للدولة أيضاً؛ سواء فيما يتعلق بجاذبية المؤسسات، أو بقوة الاقتصاد وجاذبيته.

إن القضاء بما له من أهمية مستمدة من دوره في حفظ الحقوق وحماية المصالح الخاصة والعامة، يُعدُّ من أبلغ القطاعات الحكومية أثراً في حياة الناس من مختلف نواحيها. ومن ثَمّ فإن تطور الخدمات العدلية وجودتها يعبّران بحق عن مدى تطور المجتمعات، ما ينعكس بالإيجاب على جاذبية الدولة، ومكانتها على الصعيد العالمي، وبالتالي على قوتها الناعمة.

لقد أصبحت جودة الخدمات العدلية في الآونة الأخيرة مؤشراً مهماً على جودة الحياة بصفة عامة في أي بلد. فعند الانتقال إلى أي دولة للإقامة فيها ولو بصفة موقتة، أو لقضاء عطلة سياحية، يحرص الكثيرون على التأكد من كفاءة النظام القانوني في تلك الدولة وجودة الخدمات العدلية فيها. إذ لا أحد يريد أن تتحول بعثته الدراسية، أو عطلته الصيفية، إلى متاعب قانونية في بلد ذي قوانين معقدة، ونظام قضائي ضعيف الأداء. وهو ما منع العديد من البلدان - إضافة إلى عوامل أخرى - من الاستفادة من مقدّراتها السياحية، أو من جذب الطلاب والباحثين، على سبيل المثال، برغم ما قد تتمتع به من جودة في التعليم.

أما على الصعيد الاقتصادي، فإن جودة الخدمات العدلية تُعدُّ عاملاً مركزياً في تعزيز تنافسية الاقتصاد، والقدرة على جلب الاستثمارات الأجنبية والتشجيع على ممارسة الأعمال التجارية في الدولة. وهو ما يفسر اعتماد البنك الدولي في تقريره عن ممارسة أنشطة الأعمال على عشرة مؤشرات، ثلاثة منها ذات علاقة مباشرة بالعمل القضائي، وهي تسجيل الملكية، وإنفاذ العقود، وتسوية حالات الإعسار[26]. ويجد ذلك تبريره في ما يوصف به رأس المال عادة من الجبن، فإن لم يكن المستثمر متأكداً من أن المنظومة القانونية القائمة تساعده في نيل حقوقه وتمكّنه منها، فمن المؤكد أنه لن يغامر باستثمار أمواله، وممارسة نشاطات أعماله في بيئة لا يثق بأنه سيتمكن فيها من الحصول على حقوقه.

ولا يقف دور القضاء في هذا الإطار على فضّ النزاعات والفصل بين الخصوم، بل يتعداهما إلى متابعة التشريعات السارية المفعول، ورصد مكامن الخلل فيها على ضوء ما تكشف عنه التطبيقات القضائية. بل إن الجهات القضائية قد تمتلك من الخبرة ما يجعلها مُؤهلة أكثر من غيرها لقراءة واقع الظواهر الاجتماعية واستشراف مستقبلها، لما تملكه من معطيات عن واقع التقاضي في المجتمع. ومن ثَمّ فإن الجهات القضائية تُسهم بصورة فعالة في تحديث المنظومة التشريعية بالإضافة إلى جهودها في تطبيق تلك التشريعات، والعمل على تحسين الخدمات العدلية، وتقريبها من عامة الناس.

وهكذا يمكن القول إن النظام القضائي الفعال، بما له من أثر مباشر في خلق الثقة وجلب الطمأنينة للفرد والمجتمع، يعدّ أداة مهمة في تعزيز جاذبية مؤسسات الدولة وتقوية إحساس الأفراد والمؤسسات بالأمان في ظل القانون، مما ينعكس إيجاباً على تقوية تنافسية مناخ الأعمال في الدولة، ومدّ الاقتصاد بمزيد من وسائل التنمية. وكلّ هذا يصب في إطار تعزيز القوة الناعمة للدولة.

---

26. The World Bank, Doing Business 2020, October 24, 2019. Https://Archive.Doingbusiness.Org/En/Reports/Global-Reports/Doing-Business-2020 .

- دائرة القضاء والقوة الناعمة... الإنجاز والطموح

تقوم استراتيجية القوة الناعمة لدولة الإمارات العربية المتحدة على توظيف الوسائل المتاحة جميعها من أجل تعزيز مكانة الدولة وجاذبيتها على المستوى العالمي، من خلال إبراز وجهها الحضاري، وتجربتها التنموية الناجحة المنفتحة على الآخر، وإيصال رسالتها إلى العالم متضمنة نشر السلام والتنمية والسعادة في جميع ربوع الأرض، ومدّ الجسور الاقتصادية والثقافية مع مختلف شعوب العالم. وهو ما أكده سمو الشيخ منصور بن زايد آل نهيان، نائب رئيس مجلس الوزراء، وزير ديوان الرئاسة، رئيس دائرة القضاء-أبوظبي، عندما قال: إن "دولة الإمارات تمثل وجهاً حضارياً وبوابة رئيسية ومركزاً مهماً في منطقتنا.. وهدفنا البناء على ما تحقق لترسيخ مكانة عالمية قوية"، موضحاً أن "استراتيجية القوة الناعمة للإمارات برنامج عمل شامل للقطاعات كافة... ومسؤولية سمعة الإمارات هي مسؤولية الفئات كافة"[27].

وينظم أعمال دائرة القضاء[28] القانون رقم (23) لعام 2006 الخاص بإعادة تنظيم دائرة القضاء في إمارة أبوظبي. وأكد القانون استقلالية القضاء ونزاهته وحياديّته واستقلاله عن المجلس التنفيذي في إمارة أبوظبي. ويتكون الهيكل التنظيمي لدائرة القضاء-أبوظبي من الأقسام الآتية:

- مجلس القضاء: ويتكوّن من عشرة أعضاء من كبار مستشاري دائرة القضاء، يشرفون على جميع الوظائف والمهام، وعلى اختيار القضاة وترقيتهم وإعارتهم، بالإضافة إلى الشؤون الفنية القضائية الأخرى.

- إدارة دائرة القضاء: برئاسة وكيل دائرة القضاء، الذي يشرف على تنفيذ الاستراتيجيات، والأعمال الإدارية المساندة، وجميع الأمور المتصلة.

- النيابة العامة: برئاسة النائب العام الذي يشرف على جميع المهام القضائية والإدارية المتعلقة بالنيابة العامة التي تباشر اختصاصاتها حيال الدعوى الجزائية

---

27. "منصور بن زايد يستعرض استراتيجية القوة الناعمة لدولة الإمارات"، الإمارات اليوم، 26 سبتمبر 2017. Https://Bit.Ly/3pycbgh

28. دائرة القضاء، عن الدائرة، 2022. Https://Bit.Ly/3rkbwe4

بوصفها نائبة عن المجتمع والممثلة للحق العام سعياً منها إلى تحقيق العدالة والسهر على تطبيق القانون.

ويتكون النظام القضائي في دائرة القضاء من ثلاث درجات، تتمثل في المحكمة الابتدائية بوصفها أولى درجات التقاضي، ومحكمة الاستئناف بوصفها درجة ثانية، ومحكمة النقض بوصفها درجة ثالثة، وهي أعلى درجات التقاضي. وتتألف كل محكمة من دوائر قضائية منفصلة حسب نوع المادة، وهي الدوائر المدنية، والتجارية، والعمالية، والجزائية، ودوائر الأحوال الشخصية...إلخ، وتتوزع المحاكم الابتدائية والاستئنافية في كلٍّ من أبوظبي والعين والمنطقة الغربية، بينما يوجد مقر محكمة النقض في العاصمة أبوظبي.

ولا شك في أن دائرة القضاء -أبوظبي شأنها في ذلك شأن غيرها من الدوائر الحكومية لإمارة أبوظبي- معنيّة بطريقة مباشرة بإنفاذ تلك الاستراتيجية والسير على هُداها، في المجالات المتعلقة بها، تحقيقاً لرؤية القيادة في تبوؤ أعلى مراتب القوة الناعمة من أجل ضمان استدامة الجهود التنموية على المستوى الوطني، ورسالة الدولة في نشر السلام ودعم النماء العالمي.

- تعزيز السمعة العدلية للدولة

لطالما ارتبط اسم الإمارات بالعدل والإنصاف، بل إن الذاكرة التاريخية في هذه الأرض المعطاء تحتفظ بأن حكام إمارة أبوظبي كانوا منذ زمن ضارب في القدم على وعي تام بضرورة اعتماد العدالة أساساً للمُلْك ودعامة قوية للنهضة الاجتماعية والاقتصادية.

وقد استوحت دائرة القضاء ذلك الإرث العدلي، فسعت منذ إنشائها إلى تقديم خدمات عدلية ناجزة وذات جودة عالية. وقد نجحت في تلك المهمة نجاحاً كبيراً؛ ما أكسبها ثقة المجتمع، وسمعة إيجابية على المستويين الوطني والعالمي.

فعلى الصعيد المحلي، تُظهر مؤشرات الدائرة أن نسبة الانطباع الإيجابي عند أفراد المجتمع عن دائرة القضاء، وعن دورها في خدمة العدالة ونشر الثقافة العدلية قد بلغت خلال عام 2016 نحو 80.2%.

ومن جهة أخرى، فقد تمكنت الدائرة من تقديم خدمات عدلية مختلفة حازت رضى نسبة كبيرة من مُراجعيها والمستفيدين من خدماتها؛ إذ أظهر مؤشر رضا مستخدمي النظام القضائي أن نحو 82.8% من المستفيدين من الخدمات العدلية لدائرة القضاء قد أعربوا عن رضاهم عن جودة الخدمات التي قُدمت لهم.

أما على الصعيد الدولي، فقد تصدّرت دولة الإمارات العربية المتحدة سائر الدول العربية، ودول منطقة الشرق الأوسط وشمال أفريقيا في نتائج التقرير السنوي لمؤشر "سيادة القانون العالمي" لعام 2021، مسجلة 0.64 نقطة على المؤشر العام. وقد احتلت الإمارات المركز الـ 37 في المؤشر العام الذي تُعدّه مؤسسة مشروع العدالة الدولية The World Justice Project، الذي يغطي 139 دولة في العالم، متقدمة على دول، مثل: إيطاليا واليونان وماليزيا[29]. ومن ناحيةٍ أخرى، فقد احتلت دولة الإمارات المرتبة الأولى على مستوى الشرق الأوسط وشمال أفريقيا، والمرتبة التاسعة عالمياً في مؤشر كفاءة النظام القضائي، الذي يغطي 190 دولة عبر العالم.

يُذكر أن مؤشر كفاءة النظام القضائي هو مؤشر مركّب يقيس فاعلية إنفاذ العقود ضمن تقرير ممارسة الأعمال، عن طريق استطلاع رأي ينفّذه البنك الدولي عن ثلاثة محاور: محور الوقت اللازم لفض دعوى تجارية من لحظة رفع الدعوى حتى تمام الدفع، ومحور التكلفة كنسبة من القيمة المدّعى بها، ومحور جودة الإجراءات القضائية وهو مؤشر مركب من مؤشرات عدة فرعية تشمل: هيكلية المحاكم وإجراءاتها، وإدارة القضايا، وأتمتة إجراءات التقاضي، وتوفر أنظمة التقاضي البديلة[30].

ومما لا شك فيه أن عوامل العدالة والأمن لعبت دوراً مهمّاً في السمعة الخارجية التي تتمتع بها دولة الإمارات العربية المتحدة، والتي مكّنتها من تصدّر قائمة البلدان التي اعتبرها الشباب العربي نموذجاً ناجحاً يرغبون في استلهامه من قِبَل حكوماتهم، بحسب

29. World Justice Project (WJP), World Justice Project Rule of Law Index 2021.
    Https://Bit.Ly/3kdilw1
30. The World Bank, Doing Business 2020.

استطلاع أصداء بيرسون- مارستيلر. وقد تقدمت الدولة، في الاستطلاع نفسه، على الولايات المتحدة كأفضل وجهة للعيش فيها.

وشددت دائرة القضاء، في خطتها الاستراتيجية 2016-2020 على استهدافها أن يصل مؤشر نسبة الانطباع الإيجابي عند أفراد المجتمع عن الدائرة في أفق عام 2020 إلى 92%، وأن تصل نسبة رضا المستفيدين من خدماتها العدلية إلى أكثر من 90%. وذلك من خلال ترسيخ دورها كرُكْن مهم في ترسيخ العدالة والأمن، ونشر الثقافة القانونية، ومن خلال العمل على الموازنة بين متطلبات سرعة التقاضي من جهة، وضرورة المحافظة على قوة الأحكام وجودتها من جهة أخرى.

- تعزيز التنافسية الاقتصادية للدولة

لقد سعت دولة الإمارات العربية المتحدة منذ عقود إلى تعزيز مكانتها الاقتصادية بصفتها بيئة استثمارية جاذبة للمشروعات والمستثمرين على المستوى الدولي. وبفضل السياسات البنّاءة التي تم وضعها وتنفيذها في هذا الإطار، فقد تم تصنيف الدولة في المرتبة الأولى إقليمياً (على مستوى الشرق الأوسط وشمال أفريقيا)، والـ 16 دولياً في تقرير ممارسة الأعمال لعام 2020 الصادر عن البنك الدولي متقدمة على فرنسا وسويسرا وهولندا واليابان[31].

ولقد كان للقضاء دورٌ محوريٌّ في رفع تصنيف الدولة في مؤشرات التنافسية الاقتصادية، ومؤشر ممارسة الأعمال بشكل خاص؛ إذ إنّ ثلاثة من مؤشرات التقرير العشرة هي مؤشرات قضائية أو ذات ارتباط وثيق بالقضاء، ويتعلق الأمر بإنفاذ العقود، وتسوية حالات الإفلاس، وتسجيل الملكية. وفي هذه المؤشرات، احتلت الدولة المركز الـ 9 و8 و10، على التوالي.

وقد أظهر التقرير المحلي الذي أعده البنك الدولي عن سهولة ممارسة الأعمال في إمارة أبوظبي، الشوط الكبير الذي قطعته الإمارة في تعزيز تنافسيتها الاقتصادية على

---

31. The World Bank, Doing Business 2020.

المستويين المحلي والعالمي؛ إذ تم تصنيفها في المرتبة الخامسة عالمياً وفقاً لمقاييس مؤشر إنفاذ العقود، وفي المرتبة الـ 16 بالنسبة إلى تسجيل الملكية. وهو ما يعني أن القضاء كان رافعةً أساسيةً لتصنيف الدولة في هذا المؤشر المهم[32].

وقد حصلت دائرة القضاء على هذا التقدّم المهمّ بفضل نجاحها في تقليص متوسط المدة الزمنية للتقاضي في القضايا المعيارية إلى 201 يوم، وتقليصها تكاليف التقاضي إلى ما لا يتجاوز 17.55% من قيمة تلك القضايا، وذلك بفضل فاعلية نظامها لفض النزاعات من خلال الحلول البديلة[33].

وسعت دائرة القضاء خلال خطتها الطموحة 2016-2020 إلى رفع تصنيف الإمارة من حيث مؤشرات إنفاذ العقود والمؤشرات الأخرى ذات العلاقة بالعمل القضائي.

- تعزيز التعاون الدولي:

لم تكن دائرة القضاء بمعزل عن التوجه العام للدولة الساعي إلى دعم القوة الناعمة من خلال تعزيز علاقاتها الدولية على مختلف الصُّعُد، بما يخدم المصالح المشتركة، ومن خلال رسالتها العالمية بترسيخ دولة القانون والعمل على تفعيل محفزات التنمية سعياً لرفاهية الإنسان وسعادته أينما كان.

وفي سبيل ذلك، وبالنظر إلى حقيقة أن العالم قد أصبح مترابطاً كقرية كونية واحدة أكثر من أي وقت مضى، مما يفرض على الهيئات القضائية نوعاً من التعاون القضائي مع مثيلاتها حول العالم، بما يشمل الإنابة القضائية وتبادل الخبرات الإجرائية والإدارية، لذلك كلّه، أنشأت دائرة القضاء إدارة خاصة باسم إدارة التعاون الدولي تُعنَى بمتابعة الإنابات الدولية، وبتطوير العلاقات التعاونية مع الجهات ذات الاهتمام المشترك، وتفعيل دور الدائرة في المؤتمرات والندوات الدولية ذات العلاقة.

---

32. World Bank, Subnational Doing Business 2016, (Economy Profile 2016- Abu Dhabi), Pp. 45, 59.

33. Ibid, Pp. 61.

وتتمتع دائرة القضاء بعضوية فاعلة في محافل قضائية دولية عدة، إذ شاركت في العديد من الفعاليات القضائية الدولية؛ مثل قمة القانون المنعقدة في لندن في شهر فبراير 2015، ومؤتمر التحكيم الدولي في الشرق الأوسط وشمال أفريقيا المنعقد في دبي في شهر إبريل 2015، والمؤتمر العالمي لأمن المعلومات المنعقد في لاس فيجاس في شهر أغسطس 2014، ومؤتمر الوساطة القانونية المنعقد بباريس في شهر سبتمبر 2014.

خاتمة

تتبنّى هذه الدراسة تعريفاً للقوة الناعمة بأنها العوامل التي تعطينا القدرة على إقناع الآخرين بإرادة الأشياء التي نريدها، سواء أكان ذلك عن طريق قوة الجاذبية والإعجاب، أم عن طريق الصداقات، والمصالح المشتركة. ومن ثمّ، تتحدد عناصر القوة الناعمة في جوانب ثلاثة؛ هي: جاذبية مؤسسات الدولة وسياساتها المتبعة، والاقتصاد، والثقافة والموروث الحضاري للدولة.

وقد تم تطبيق هذا المنظور للقوة الناعمة على النموذج الإماراتي، قبل أن ننتقل إلى دراسة دور القضاء في تعزيز القوة الناعمة للدولة. وخلصت الدراسة إلى تمتّع دولة الإمارات العربية المتحدة بنصيبٍ وافر في كل عناصر القوة الناعمة المذكورة.

كما خلصت الدراسة إلى مركزية العدالة بشكل عام، والقضاء بشكل خاص، في تعزيز القوة الناعمة للدول. وذلك لأن دور القضاء في هذا السياق يؤدي دوراً مباشراً بصفته إحدى أهم مؤسسات الدولة التي تعدُّ جاذبيتها والثقة فيها عنصراً مهماً من عناصر القوة الناعمة، أو يكون دوراً داعماً؛ كما في مجال الاقتصاد والتنافسية، إذ تعدُّ المؤشرات القضائية جزءاً مهماً من المؤشرات الاقتصادية في هذا الخصوص. ولا أدل على ذلك من كون ثلاثة من أصل عشرة مؤشرات يقوم عليها مؤشر تنافسية الأعمال الصادر عن البنك الدولي هي مؤشرات قضائية بالأساس.

ولعل هذا الأمر قد يضع، في تقديرنا، عبئاً إضافياً على كاهل دائرة القضاء-أبوظبي وجميع المحاكم في الدولة من أجل الارتقاء بالخدمات العدلية إلى أعلى المواصفات العالمية، والعمل على التواصل المثمر مع المهتمين بالشأن القضائي حول العالم إثراءً للتجربة الوطنية في هذا الخصوص، ومن أجل تسويقها وإتاحتها للآخرين بوصفها نموذجاً يُحتذى به.

التوصيات:

1. من الناحية الأكاديمية، نوصي بإدراج البُعد الاقتصادي بصفته عنصراً من عناصر القوة الناعمة؛ بل لعلّه من أهم تلك العناصر وأكثرها فاعلية.

2. نوصي باستحداث مركز يُعنى بالأبحاث والدراسات في هذا المجال المهم المتشعّب؛ إذ إن الأبحاث في هذا الجانب ما زالت في بواكيرها، ولمّا يشتد عودها. ولن يسهم هذا المركز في الإضافة العلمية في مجال القوة الناعمة على مستوى العالم فحسب، بل إن تلك الإضافة ستكون زاداً معرفياً يشدّ أزر مجلس القوة الناعمة في أدائه لمهماته التي لا بد لتنفيذها من أن يكون على معرفة وخبرة، وأن يُسندَ بالدراسات والتحاليل المناسبة.

3. بخصوص التعاون الدولي، من المهم أن تحرص محاكم الدولة بشكل عام، ودائرة القضاء بشكل خاص، على المشاركة الفاعلة في المحافل القضائية الدولية من أجل بناء جسور التواصل، والاستفادة من الممارسات العالمية في المجال القضائي، وعرض التجارب الوطنية في هذا الإطار.

من أجل رفع تصنيفات الدولة على المؤشرات العالمية، فإنه من المهم أن تقوم المحاكم بدمج المؤشرات العالمية في مؤشراتها الاستراتيجية، ليتمّ العمل على رفعها بشكل منهجي جاد، وهو ما سينعكس لا محالة على تنافسية الدولة، وتصنيفها الاقتصادي والحضاري.

قائمة المراجع

المراجع العربية

أولاً- المصادر الأولية:

- مجلس الوزراء، الإمارات العربية المتحدة، الاستراتيجية الوطنية للابتكار، د. ت. https://2u.pw/5G9OJ

- دائرة القضاء، عن الدائرة، 2022. https://bit.ly/3RkbWe4

ثانياً- الكتب:

- جوزيف س. ناي، **القوة الناعمة.. وسيلة النجاح في السياسة الدولية**، ترجمة: محمد توفيق البجيرمي، (الرياض: العبيكان، 2007).

ثالثاً- التقارير

- بي إس بي، استطلاع أصداء بي سي دبليو السنوي 13 لرأي الشباب العربي 2021. Http://Arabyouthsurvey.Com/Ar/Findings/

رابعاً- المجلات والصحف

- "منصور بن زايد يستعرض استراتيجية القوة الناعمة لدولة الإمارات"، **الإمارات اليوم**، 26 سبتمبر 2017.

- "بالفيديو... محمد بن راشد يعلن تشكيل مجلس القوة الناعمة لدولة الإمارات"، **الإمارات اليوم**، 29 إبريل 2017. Https://2u.Pw/VztOl

- "منصور بن زايد يستعرض استراتيجية القوة الناعمة لدولة الإمارات"، **الإمارات اليوم**، 26 سبتمبر 2017. Https://2u.Pw/9vcgu

- عبدالفتاح منتصر، "صندوق النقد العربي: الإمارات الأولى عربياً بمؤشر التنافسية لفعالية الحكومة"، **البيان**، 13 يناير 2016.

- "الإمارات تتصدر دول العالم بتقديم المساعدات التنموية الإنسانية لعام 2016 نسبة إلى دخـلها القومي. محمد بن راشد: خليفة ومحمـد بن زايد دفعـا بالإمارات للمركز الأول بالعطاء"، **البيان**، 12 إبريل 2017.

- "الإمارات أكبر الدول المانحة للمساعدات الإنمائية"، **الإمارات اليوم**، 12 إبريل 2017.

- "506 مليارات رصيد الاستثمار الأجنبي في الإمارات 2017"، **البيان**، 9 إبريل 2017.

- "مطار دبي في المرتبة الأولى عالمياً من حيث عدد المسافرين"، **الرؤية**، 29 أغسطس 2022.

خامساً- المنشورات الإلكترونية

- "5.26 مليون مسافر عبر مطار أبوظبي الدولي في عام 2021 مع زيادة ملحوظة خلال الربع الأخير"، **المكتب الإعلامي لحكومة أبوظبي**، 3 مارس 2022. Https://2u.Pw/5sj7l

المراجع الإنجليزية

I) Periodicals

- Lorena Cebolla Sanahuja, "Europe Cosmopolitical Or Populist: Justice and Soft Power in Perspective," *Soft Power Journal* 3, No. 2 (2016): 97-120.

- Karen E. Young, "New Perspectives on UAE Foreign Policy," Special Edition, *Journal of Arabian Studies* 7. No. 1 (April 2017).

II) Reports:

- World Justice Project (WJP), World Justice Project Rule of Law Index 2021, Https://Bit.Ly/3amejpt

- World Bank, Subnational Doing Business 2016, (Economy Profile 2016- Abu Dhabi).

- US News and World Report, U.S. News Best Countries 2021, United Arab Emirates, Https//:Bit.Ly3/wpwe8y

- The World Bank, Doing Business 2020, October 24, 2019.

- World Economic Forum, The Global Information Technology Report 2016.

- Transparency International, Corruption Perceptions Index 2021, January 2022.

- IMD World Competitiveness Center, IMD World Competitiveness Yearbook 2022.

III) Newspapers & Magazines:

- "China Biggest Investor in US Debt at US$1.14 Trillion," The Standard, August 17, 2017, Https://2u.Pw/Kbaul

IV) Webpage:

Reuters Staff, China Launches $11 Billion Fund for Central, Eastern Europe, Reuters, November 6, 2016, Https://Reut.Rs/3QZ1B7w.

نبذة عن المؤلف

صلاح خميس الجنيبي

الدكتور صلاح خميس الجنيبي هو باحث ومحلل في مجال العلاقات الدولية والسياسة، وقد عمل في عدة مناصب حكومية وفي القطاع الخاص باحثاً ومؤلفاً في العلاقات الدولية والشؤون السياسية في مجال جماعات الضغط. كما أنه باحث في مجال (بحوث المحكمة) ومحلل سياسي في عدة قنوات محلية وخليجية، وصحفية.

صدر للمؤلف كتاب "بناء جماعات الضغط الإيجابية"، باللغتين العربية والإنجليزية. كما صدر له كتاب "معجم المصطلحات الدبلوماسية والعلاقات الدولية"، و"إبداع العبقرية وإلهام القيادة (في صاحب السمو الشيخ محمد بن زايد آل نهيان)"، بجانب عدة كتب في مجال التاريخ الإسلامي السياسي. وصدرت له عدة بحوث في مجال القوة الناعمة، ومجال الإشاعة بين التحريم والتجريم.